토마토 컵라면

지나간 향기를 담고 여름의 인사를 써내리기로 하였다

푸르게 피어난 토마토가 붉게 익어 물러질 때까지
나는 그때의 향기를 전하기로 하고는

그리도 열망하던 붉은 입자는
이리도 뜨거운 여름날에 사랑을 심어주었다

차정은

목차

1부 푸른 태양

2부 붉은 항해

1부 푸른 태양

99

돌아온 이 여름날에는 탁한 물내음만이 맴돌고 있네요
강가에서 비춰진 향기도 온몸에 스며든 태양빛마저 내겐 비극이었기에

맴도는 사계는 제자리만을 반복하고
나는 다시금 후회만을 곱씹으며 사랑합니다

백야

타오르던 불꽃처럼
아름답던 그날처럼

고요에 이끌려
풍덩

적막에 사랑을 남긴다

나의 세상이
온 세상이
너의 빛으로 뒤덮였다

어찌 그리도 하얀지
나와 당신의 틈에 갇혀
움직일 수 없었다

울부짖었다

마음을 담아
울부짖었다
형용할 수 없는 폭포에 갇혀

나의 신이었던 당신은

그리도
악독히

울부짖었다

여름 향기

빗물에 잠겼을 때에 세상은 녹물에 잠식되었다

새파랗게 물든 세상을 위로한 유일함은 새벽녘
그저 새빨갛게 물든 노을이었기에 덤덤히 황홀을 소리치며 당신의 붉
은 사랑을 세상에 녹여 삼켰다

붉은 계절을 맞이하며
검은 세상은 증식하고 말라갑니다

건조한 세상을 돌아 삼키고 세상의 사랑들을 달여 마십니다

푸른 개비와 비상

사랑을 염원하던 너는 뜨겁게 달궈진 동굴에 들어갔지
지워진 단어를 위로하던 너는 빛나는 세상을 빚어갔지

그의 단어에 위로하던 네 마음이
어쩌면 허울뿐인 숨소리였던 것 같아

그럼에도 우리를 사랑을 계속하고
우유가 상해 녹아버릴 때까지

새빨간 열망이 우리를 잠식할 때까지
우리는 낡은 사랑을 할 거야

수확

경화된 색깔과 깊게 꽂혀버린 세상
흐려진 경계의 길을 따라 걸음을 옮겨 걷는다
아름다움을 배우고 느껴 화창이 비치던 기억을 다잡는다

꿈이었던 기억일까 뜨겁던 열기는 전부 거짓처럼 날아간다

나의 비극은 열매처럼 매달리고 추수의 계절엔 맑게 익어 떨어진다

밭을 일구고 달궈진 세상에 입을 맞춰
나의 전부와 사귀었던 일생은 달큰한 향기만을 남기네요

끈적이 뒤덮힌 질주

달려오는 숨소리를 잡아 삼키고 몸을 감싸는 계절을 거절하며 머무르
는 마음을 견뎌내고 영원을 약속하는 계절을 껴안고 빛깔을 새겨 듣고
미련함 세계를 뿌리치고
사랑을 약속합니다

그대의 숨결은 돌아가고 경화한 공기의 따스함을 돌아오는 식은 계절
에 낭만을 심어주네요

겨울은 돌아올 것이고 여름은 식어가며 붉은 빛 세상을 다듬습니다

영원을 조각하던 나의 마음은
더욱이 따스한 숨결을 쏟아냅니다

1

네가 서 있던 모래사장은 매번 어둠에 잠겨있었지
찬 공기가 가득한 우주를 바라보면 별을 수놓은 바다와도 같아서 함께
하늘만을 바라보았으니 말이야
새하얀 모래사장은 윤곽을 따라 스며든 햇조각들이 반짝이며 물결과
일렁이곤 했어

우리는 아름답게 사랑했을 거야 겨울이 빛내는 세상 아래 우리는 넘치
는 사랑을 주고받았으니까

2

노을이 지고 있었나 그땐 제법 따뜻한 바람이 불고 있었지 아마 모래
사장과 바다의 경계는 무료하고 붉게 물든 바다는 찰랑거렸어

너는 부뚜막 위에 올라 미동도 없는 낚싯줄을 보며 뭐 그리 기뻐 보였
는지 몰라 그래도 추위를 나기 위해 걸친 옷들은 제법 겨울 행세를 도
와줬다 생각해

영화 이야기

겹겹이 쌓인 이야기를 풀어헤쳐
책장 가득 쌓인 원고를 뒤집고 이야기를 일궈간다

우림을 창조하고 발끝이 닿는 세상을 만들어
감정을 안아간다

매끄럽게 펼쳐진 세상엔 주인공만이 가득하고 차가운 깡통마저 일부
가 되어간다

흘러나오는 향기를 만들고 손끝의 감각을 창조하고 퍼 나른다

관객은 기립하여
새빨간 세상을 만들어간다

빛과 소멸하던 이야기

어둠에서 노를 저어
몸에서 떼어지는 각질이 느껴지고 틈을 막아내도 새어 나오던 여름은
사랑스런 향기나 났지

찰랑거리던 물살은 잊을 수 없게 아름다웠고
동화 같던 우리들의 뱃놀이는 태평양 한가운데서 멈출 거야
그렇게 마친 아침 인사와 뱃놀이는 푸른 녹물에 잠길 테니

바다에 목련 잎을 띄우고
가슴 울린 시련을 깨우고

운하의 기록의 열망에
가슴을 치이고 미어

너울 좋게 사랑을 흘렸어

토마토 컵라면

해변가 위 버려진 붉은 조각들은 빛이 나고
물과 맞닿은 금빛 모래들은 황빛의 풍경이었지

차갑게 물든 바다에 발을 담그고
낡은 의자에 앉아 뜨거운 물을 들이붓고

비집고 나오던 새빨간 열기들은
붉은 석류를 매달던 토마토 같았어

우리의 여름은 노을 진 추억이었고

푸르게 피어난 토마토가 붉게 익어 물러질 때까지
나는 그때의 향기를 비집기로 했어

그리도 열망하던 붉은 입자는
그리도 뜨거운 여름날에 사랑을 심어주고

불면

잠에 들지 못하고 고개 옆 반짝거리는 화면 속 빛들을 주시할 때
나는 너를 느꼈다

어둡고 축축한 세상에서 너를 맞이하며 살아간 나날이 아름답게 왜곡
되었다

오늘의 밤과 내일의 저녁이 다르다는 것은 이미 알고 있는 이야기일
뿐이고 나에게 깊숙이 새겨주지 않아도 이미 나는 알고 있다는 것을

종착을 약속하던 너에게 전했던 말들은
전부 사실이었던 이야기임을

나는 오늘도 잠에 들지 못하고
세상에 노랗게 물들 때쯤에서야
깊은 잠에 듭니다

3

해변에 쌓인 눈을 본 적 있냐며 내게 물었지 생각할수록 어색한 기분
이 들었어 바다와 눈은 반대의 그림으로 그려지기 때문일까 바다와 맞
닿으면 사라질 눈과 태양을 뜻하던 모래사장은 이 넓은 겨울에 뒤덮여
버릴 거야 아침에 눈을 뜨면 펼쳐질 모든 풍경이 잠을 이루게 만들어

차갑고 새하얀 세상이 반기는 아침은 그림 같은 절경일 거야

2부 붉은 항해

사랑과 부조리

다시금 기억하였을 즈음 잿빛의 하늘에 오라가 펼쳐졌다

문 틈새 들어오던 하얀 빛깔에 나는 홀린 듯 문을 젖히고
마주한 세상은 말없이 황홀한 색들을 내뿜고 있었다

아름다운 세상은 민들레가 피어있던 장맛날, 아름답던 바닷가는 내게
스며들어 청춘을 건네주고

미치지 못 한 사랑들은 바닥에 꽂혀 녹아 사라지고
그것이 내게 말한 사랑들은 그저 염원이었음을 깨우친다

토마토 소년

샛노란 햇볕이 들판을 감쌀 때, 곧은 아이는 땅을 판다

청춘을 담아 농사하며 낭만을 담은 열매는 맺어 툭 떨어지고
맹렬히 담은 사랑들은 빨갛게 물들어 든다

한 날의 청춘을 바친 붉은 사랑들은
푸르른 주파수를 찾아 떠나간다

새까만 달동네

발길 없는 세상은 별들을 수놓고
장작이 타는 소리는 탄내가 귀에 감기니

눌어붙은 새까만 향들이 물거품을 삼킨다

붉은 네잎클로버

사랑의 속삭임을 너는 들었니
불그스름한 향을 떼어 옷에 칠하고

새 옷의 향기가 무뎌질 때쯤
빨개진 옷들을 김 서린 낡은 세탁소에 맡긴다

걸음을 옮겨 걷던 땅바닥엔 붉게 핀 네잎클로버가 모여 있었지
나의 눈길엔 꼭 예쁘게 핀 하트 모양이었어

새빨간 하트를 똑 따서 책 사이에 고이 말려 네게 전했던 사랑은
앞으로도 길이길이 남을 거야

4

모처럼 사랑스러운 날이었어 날씨도, 시간도, 우리를 이어준 모든 것들이 참 아름답던 순간이야

네가 처음 이곳에 오자고 한 날 세상이 파랗게 물들어 있는 것 같았어 뜨겁게 달궈진 모래사장을 밟으며 뛰어간 작은 오두막은 우리의 세상을 숨 쉬게 만들어주었던 것 같아 숨통이 틔워진 우리는 발바닥이 따가워질 때까지 깊은 사랑을 할 거야

환상통

감정들은 찰랑거리며 느껴진 채
순간뿐인 모든 것들에 마음을 담아 아파하곤 해

나의 유일한 소망인 영원이 나의 끝머리를 장식하고
아름다운 세상은 코끝에 찡하게 감기는 달큰한 향기일 뿐이야

토마토 레시피

낭만 속 바닷물 20g
여름 한 스푼 50g
해변 속 뜨겁게 달궈진 조개껍데기 2개
갈대밭에 매달린 꿀 80g

마지막으로 뜨거운 사랑을 함께 8분 동안 구워내면

노을 진 들판에 홀로 남겨진 청춘의 토마토 한 송이가

식목일

우리의 매일은 항상 그런 날이었지

말장난에도
그저 그런 신호에도 반응하는 나의 모습이
상쾌한 공기와도 같아서

안전 구역이라 칭한 그곳은 거뭇한 숯 향이 가득해
그래도 그렇게 사랑하며 세상을 정화하니
그렇게 매일은 푸른빛이 가득한 것을

사계(四季)의 꽃집

지나친 꽃집의 향기는 무심히 넘겨버린 세상이라 그런지 자꾸만 오래
도록 기억되어 코끝에 맴돌 곤해

모두들 눈앞에 펼쳐진 아름다운 꽃들의 모습은 넘긴 채
인터넷 속 꽃말에 열광하곤 하지

우리가 맞대던 백합은 사랑을 말한 채
나의 순결은 우주에 보내고

그렇게 꽂힌 유리병은 값싼 유리일 뿐이니

청춘의 꽃말은
아름답다고 하니까

여름의 꽃말은 지나간 청춘이니 말이야

낭만 리스트
- 태양이 증식한 바다로부터

흑백의 세상에 샛노란 필름이 씌워진 듯

노랗게 상해버린 벽지와 이야기책들
그리고 버드나무 꽃

만지면 아스라질 듯 부실한 모든 것들이
손끝 마디 하나하나 사랑스럽게 스며든다

우리에게 남은 건 새빨간 여름뿐이잖아
종종 태양을 삼키고 마시고 넘기곤 해

작게만 울리는 따뜻한 음악은
여름을 알리는 알람의 소리 같지

청춘을 맞이하는 자세

예쁘게 포장된 사랑을 열어볼 때
우리는 서로의 숨결을 나눠 가졌어

꽃을 수놓은 편지지에 빼곡하게 적힌 단어들은
되짚을 때마다 사랑을 담아 보냈지

문 닫은 학교에 걸어둔 붉은 자물쇠는 걸어 잠굴 열쇠가 없어서 힘없
이 매달려 있기만 했었지

우리의 청춘이 지나고 어른이 되었을 때

돌아보면 그 자물쇠가 걸맞을 열쇠는 어쩌면

우리의 하나뿐인 순수였을 거야

도어락 1126611

문이 열리는 소리는 항상 낡은 소리였지

목수가 다듬은 문짝도
한 면의 상처일 텐데 말이야

그리도 예쁘게 조각하면
상처가 덧나지 않는 걸까

그래도 바닥의 쇳자국은
그리 억울해 보이진 않는걸

이야기 보따리

문장의 첫마디는 이렇게 시작해
숙이는 명이를 사랑했더라

푸른 들판에서 뛰놀며 흰 눈을 맞던 서로는
영원했더라

그렇게 문장의 끝머리는 이렇게 끝나네
숙이는 명이를 사랑했더라

세상을 달리는 기차는

나의 세상에 온 걸 환영해

무료한 세상 밖으로
미치지 않은 나의 세상에 들어온 것을 환영해

토끼가 내리는 녹차를 마셔볼래?
키다리 버섯이 지키는 숲으로 떠날까?

세상은 온통 나를 위할 뿐이야
너는 나를 위해 휩쓸린 것을

환상으로 메꿔진 우리의 세상은 우리의 사랑은 오래오래 빛이 날 거야

대멸종

전등이 가득한 도시에 달이 툭 하고 떨어졌어
오르막길을 내리고 내리막길을 올라 데굴데굴 굴러다녔어 달이 지나
간 자리는 뭉툭이 문대졌고 사람들은 소원을 빌었지

달님
달님 세상에서 가장 예쁜 달님
제 소원을 꼭 이루어 주세요
제 사랑을 꼭 이루어 주세요
제 꿈들을 꼭 이루어 주세요

그렇게 사람들의 꿈과 사랑과 소원을 먹고 자란 달님은지구보다 부풀
어 올랐고 세상은 그렇게 샛노란 달로 물들어 멸종하고 말았지

인어 지킴이

웃음이 가득한 해안을 마주쳤을 때 말이야
따끔거릴 만큼 넘치는 햇살과 대립한 미소는 나른한 사랑이 가득했어

잔잔한 파도가 일렁이면 날카로운 암벽 밑에서 화사한 너의 얼굴이 빼
꼼 올라섰지

서로의 얼굴을 어루만지며 터져 나오는 웃음을 막지 못하곤
우리는 작은 소리로 킥킥하고 웃어댔지

내 손금에 남은 네 잇자국은 사랑을 말하지

우리는 어렸지만 어른의 사랑을 배웠어
우리는 어른이 되고 아이의 사랑을 하곤 해

미소의 희화화

반짝거린다는 말이 왜 그리 좋았던 것인지
텅 빈 마음에도 생기를 담아주고 서로의 온기를 느끼며 그렇게 앞으로
사랑하자

지구가 녹아 없어질 때까지 영원한 사랑을 말하자

별빛 주사위

별을 박아놓은 주사위는 언제나 푸른 별이 가득했지
하늘을 그렇게 반짝거리고 영원히 설레이게 만들어

햇볕 속 흐릿한 경계의 폭죽들은
밤을 만나 반짝거리고

별을 수놓은 듯 바다는 달빛에 일렁거려

흘러가는 모든 순간들을 사랑하기로 약속하고 우리는 그렇게 앞으로
영원히 오랫동안 열망할 거야

어항별(魚缸馠) : 어항에 갇혀 맴도는 향기

푹푹 쪄내려 가는 여름, 그리고 바다의 예쁜 파도 소리
네 잇자국의 푸른 향기를 작은 유리병에 담았다

비가 갠 뒤 청명한 날씨는 습한 소리를 맞이하곤 해
예쁘게 빛나던 소리를 악보에 그려가고, 담아낸 향기를 모으고

그렇게 예쁘게 피어난 향기들은 어항에 갇혀 소나기와 함께 맴돌아 사
라져버리지

일기 예보

청명한 날씨를 알리는 알림 화면
하지만 짖궂은 날씨는 하늘에 번복할 뿐이고

화창한 공기는 눅진한 빗물에 휩싸인다
축축한 바람 따위가 햇님에게 말대꾸한다며 꾸짖어댄다

그렇게 오늘도 날씨를 알렸다

네가 피우던 담배 연기는 기분 좋아지는 단 냄새였지
너는 늘 그 달콤한 향에 취해 호흡을 삼키고는 했어

네 손끝의 달콤한 딸기향은 꽂혀버린 담뱃재일 뿐이고

태양계 증폭 사건

세상의 호수는 아름다우니 삶을 꾸리고 움막을 짓고 사랑을 뱉고 증오
를 흡수하고 입김을 내뱉노라

지나간 흔적들에 빛나는 조각을 심어가고 자라난 태양을 수확하여 우
주를 창조한다

사랑을 소리치고 소리치고
증오를 흡수하고 흡수하고

그때의 떨림은 진득이 전해져
조작된 떨림은 습하게 전해져

자두나무

일정히 박히는 날카로운 시계 초침과 새콤한 자두의 맛
일정한 간격은 집중을 말하고
자극된 간격에는 종이 울린다

냉기의 자락은 넉넉히 쫓아갑니다

어둑한 전율이 온몸에 솟구칩니다

새콤한 자두의 향이 입 속에 퍼지면
지나갈 추억 속 모두를 사랑합니다

무지개를 새기는 방법

비가 개면 창틈 사이로 무지개가 들어오곤 해

네 조각으로 나누어진 무지개는 화사한 날씨를 예보하고
지구 반대편에 새겨진 무지개는 습한 날씨를 그려주고

하늘에서 보는 무지개는 동그란 원형 모양이야
우리의 세계에는 무지개의 절반밖에 보지 못하고

원형의 무지개는 나의 상상 속 무지개와 달라서
어쩌면 우리는 반절뿐인 무지개를 더 사랑할 뿐이니

그래도 우리는 일곱 빛깔의 무지개를 더 사랑하니 말이야

0

우리의 사랑에 막을 내리자 그렇게 모자른 추억을 네 곁에 보내자

기억나니 우리의 무의식의 처음이

가장 아름답게 정의할 수 있을 우리의 마지막에
새빨간 개나리꽃을 장식하자

더보기

1

해변가 위 버려진 (　　) 조각들은 빛이 나고
물과 맞닿은 금빛 모래들은 황빛의 풍경이었지

차갑게 물든 바다에 발을 담그고
낡은 의자에 앉아 (　　) 물을 들이붓고

비집고 나오던 새빨간 열기들은
붉은 (　　)를 매달던 (　　) 같았어

우리의 여름은 (　　) 진 추억이었고

푸르게 피어난 (　　)가 붉게 익어 물러질 때까지
나는 그때의 향기를 비집기로 했어

그리도 열망하던 붉은 (　　)는
그리도 (　　) 여름날에 사랑을 심어주고

54

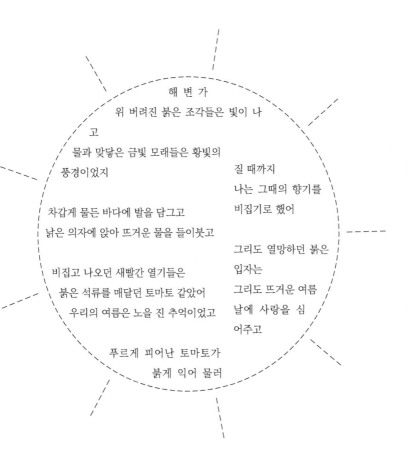

해 변 가
위 버려진 붉은 조각들은 빛이 나
고
물과 맞닿은 금빛 모래들은 황빛의
풍경이었지

질 때까지
나는 그때의 향기를
비집기로 했어

차갑게 물든 바다에 발을 담그고
낡은 의자에 앉아 뜨거운 물을 들이붓고

그리도 열망하던 붉은
입자는
그리도 뜨거운 여름
날에 사랑을 심
어주고

비집고 나오던 새빨간 열기들은
붉은 석류를 매달던 토마토 같았어
우리의 여름은 노을 진 추억이었고

푸르게 피어난 토마토가
붉게 익어 물러

2

낭만 속 바닷물 (　)g

여름 한 스푼 (　)g

해변 속 뜨겁게 달궈진 조개껍데기 (　)개

갈대밭에 매달린 꿀 (　)g

마지막으로 뜨거운 사랑을 함께 (　)분 동안 구워내면

노을 진 들판에 홀로 남겨진 청춘의 토마토 한 송이가

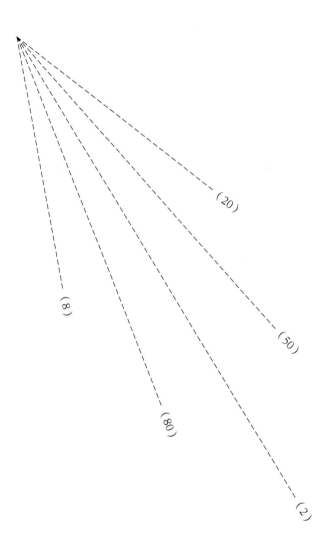

（20）

（8）

（50）

（80）

（2）

3

나의 두 번째 엮음, 토마토 컵라면 마침.

판에 홀로 남겨진 청춘의 토마토 한 송이가 · 토마토 컵라면

께 8분 동안 구워내면 노을 진 들

0g 마지막으로 뜨거운 사랑을 함

껍데기 2개 갈대밭에 매달린 꿀 8

50g 해변 속 뜨겁게 달궈진 조개

낭만 속 바닷물 20g 여름 한 스푼

입자는 그리도 뜨거운 여름날에 사랑을 심어주고 · 토마토 컵라면

때까지 나는 그때의 향기를 비집기로 했어 그리도 열망하던 붉은

은 노을 진 추억이었고 푸르게 피어난 토마토가 붉게 익어 물러질

비집고 나오던 새빨간 열기들은 붉은 석류를 매달던 토마토 같았어 우리의 여름

풍경이었지 차갑게 물든 바다에 발을 담그고 낡은 의자에 앉아 뜨거운 물을 들이

해변가 위 버려진 붉은 조각들은 빛이 나고 물과 맞닿은 금빛 모래들은 황빛의

토마토 컵라면

발 행 | 2023년 3월 21일
저 자 | 차정은
펴낸이 | 한건희
펴낸곳 | 주식회사 부크크
출판사등록 | 2014.07.15.(제2014-16호)
주 소 | 서울특별시 금천구 가산디지털1로 119 SK트윈타워 A동 305호
전 화 | 1670-8316
이메일 | info@bookk.co.kr

ISBN | 979-11-410-2086-6

www.bookk.co.kr
ⓒ 차정은 2023